紅樓夢第四回

薄命女偏逢薄命郎　葫蘆僧判斷葫蘆案

却說黛玉同姐妹們至王夫人處見王夫人正和兄嫂處的來使計議家務又說姨母家遭人命官司等語因見王夫人事情冗雜姐妹們遂出來至寡嫂李氏房中來了原來這李氏卽賈珠之妻珠雖夭亡幸存一子取名賈蘭今方五歲已入學攻書這李氏亦係金陵名宦之女父名李守中曾爲國子祭酒族中男女無不讀詩書者至李守中繼續以來便謂女子無才便是德故生了此女不曾叫他十分認眞讀書只不過將些女四書列女傳讀讀認得幾個字記得前朝這幾個賢女便了却以紡績井臼爲要因取名爲李紈字宮裁所以這李紈雖青春喪偶且居處於膏粱錦繡之中竟如槁木死灰一般一槪不問不聞惟知侍親養子閑時陪侍小姑等針黹誦讀而已今黛玉雖客居於此已有這幾個姑嫂相伴除老父之外餘者也就無用慮了如今且說賈雨村授了應天府一到任就有件人命官司詳至案下却是兩家爭買一婢各不相讓以致毆傷人命彼時雨村卽拘原告來審那原告道被打死的乃是小人的主人因那日買了個丫頭不想係拐子拐來賣的這拐子先已得了我家的銀子我家小主人原說第三日方是好日再接入門這拐子又悄悄的賣與了薛家被我們知道了去找拿賣主奪取丫頭

無奈薛家原係金陵一霸倚財仗勢衆豪奴將我小主人竟打死了凶身主僕已皆逃走無有踪跡只剩了幾個局外的人小人告了一年的狀竟無人作主求太老爺拘拿凶犯以扶善良存殁感激大恩不盡雨村聽了大怒道那有這等事打死人竟白白的走了拿不來的便發籤差公人立刻將凶犯家屬拿來拷問只見案傍站着一個門子使眼色不叫他發籤雨村心下狐疑只得停了手退堂至密室令從人退去只留這門子一人伏侍門子忙上前請安笑問老爺一向加官進祿八九年来就忘了我了雨村道我看你十分眼熟但一時總想不起來門子笑道老爺怎麽把出身之地竟忘了老爺不記得當年葫蘆廟裡的事麽雨村大驚方想起往事原来這門子本是葫蘆廟裡一個小沙彌因被火之後無處安身想這件生意倒還輕省耐不得寺院凄凉遂趁年紀輕蓄了髮充當門子雨村那裡想得是他便忙携手笑道原來還是故人因賞他坐了說話這門子不敢坐雨村笑道你也算貧賤之交了此係私室但坐不妨門子纔斜簽着坐下雨村道方纔何故不令發籤門子道老爺榮任到此難道就沒抄一張本省的護官符來不成雨村忙問何爲護官符門子道如今凡作地方官的都有一個私单上面寫的是本省最有權勢極富貴的大鄉紳名姓各省皆然倘若不知一時觸犯了這樣的人家不但官爵只怕連性命也難保呢

所以叫做護官符方纔所說的這薛家老爺如何惹得他他這件官司並無難斷之處從前的官府都因得着情分臉面所以如此一面說一面從順袋中取出一張抄的護官符來遞與雨村看時上面皆是本地大族名宦之家的俗諺口碑云

賈不假白玉為堂金作馬

阿房宮三百里住不下金陵一個史

東海缺少白玉床龍王來請金陵王

豐年好大雪珍珠如土金如鐵

雨村尚未看完忽聞傳點報王老爺來拜雨村忙具衣冠接迎有頓飯工夫方回來問這門子道四家皆連絡有親一損

俱損一榮俱榮今告打死人之薛就是豐年大雪之薛不單靠這三家他的世交親友在都在外的本也不少老爺如今拿誰去雨村聽說便笑問門子道這樣說來却怎麼了結此案你大約也深知這兇犯躲的方向了門子笑道不瞞老爺說不但這兇犯躲的方向並這拐的人我也知道死鬼買主也深知道待我細說與老爺聽這個被打死的是一個小鄉宦之子名喚馮淵父母俱亡又無兄弟守着些薄產度日年紀十八九歲酷愛男風不好女色這也是前生冤孽可巧遇見這丫頭他便一眼看上了立意買來作妾設誓不近男色也不再娶第二個了所以鄭重其事必得三日後方進門誰知這拐子又偷賣與薛家

他意欲捲了兩家的銀子逃去誰知又走不脫兩家拿住打了個半死都不肯收銀各要領人那薛公子便喝令下人動手將馮公子打了個稀爛抬回去三日竟死了這薛公子原擇下日子要上京的既打了人奪了丫頭他便沒事人一般只管帶了家眷走他的路並非為此而逃這人命些些小事自有他弟兄奴僕在此料理這且別說老爺可知這被賣的丫頭是誰雨村道我如何曉得門子冷笑道這人還是老爺的大恩人呢他就是葫蘆廟旁住的甄老爺的女兒小名英蓮的雨村駭然道原來是他聽見他自五歲被人拐去怎麼如今纔賣呢門子道這種拐子單拐幼女養至十二三歲帶至他鄉轉賣當日這英蓮

我們天天哄他頑耍極相熟的所以隔了七八年雖模樣兒出脫的齊整然大段未改所以認得且他眉心中原有米粒大的一點胭脂痣從胎裡帶來的偏這拐子又租了我的房子居住那日拐子不在家我也曾問他他說是打怕了的萬不敢說只說拐子是他的親爹因無錢還債纔賣的再四哄他他又哭了只說我原不記得小時的事這無可疑了那日馮公子相見了兌了銀子因拐子醉了英蓮自嘆說我今日罪孽可滿了後又聽見三日後纔過門他又轉有憂愁之態我又不忍等拐子出去又叫內人去解勸他這馮公子必待好日期來接可知必不以丫鬟相看况他是個絕風流人品家裡頗過得索性又最厭

惡堂客今竟破價買你後事不言可知只耐得三兩日何必憂悶他聽如此說方略解些自謂從此得所誰料天下竟有不如意事第二日他偏又賣與了薛家若賣與第二家還好這薛公子的混名人稱他獃霸王最是天下第一個弄性尙氣的人而且使錢如土只打了個落花流水生拖死拽把個英蓮拖去如今也不知死活這馮公子空喜一場一念未遂反花了錢送了命豈不可歎雨村聽了也歎道這也是他們的孽障遭遇亦非偶然不然這馮淵如何偏只看上了這英蓮這英蓮受了拐子這幾年折磨纔得了個路頭且又是個多情的若果聚合了倒是件美事偏又生出這段事來這薛家縱比馮家富貴想其爲

人自然姬妾衆多淫佚無度未必及馮淵定情于一人這正是夢幻情緣恰遇見一對薄命兒女且不要議論他人只目今這官司如何剖斷纔好門子笑道老爺當年何其明决今日何反成個沒主意的人了小的聽見老爺補陞此任係賈府王府之力此薛蟠即賈府之親老爺何不順水行舟做個人情將此案了結日後也好去見賈王二公雨村道你說的何嘗不是但事關人命蒙皇上隆恩起復委用正竭力圖報之時豈可因私枉法是寔不忍爲的門子聽了冷笑道老爺說的自是正理但如今世上是行不去的豈不聞古人說的大丈夫相時而動又說趨吉避凶者爲君子依老爺這話不但不能報効朝廷亦且自

身不保還要三思爲妥雨村低了頭半日說道依你怎麽着門子道小人已想了一個很好的主意在此老爺明日坐堂只管虛張聲勢動文書發籤拿人兇犯自然是拿不來的原告固是不依只用將薛家族人及奴僕人等拿幾個來拷問小的在暗中調停令他們報個暴病身亡合族中及地方上共遞一張保呈老爺只說善能扶鸞請仙堂上設了乩壇令軍民人等只管來看老爺便說乩仙批了死者馮淵與薛蟠原係夙孽今狹路相遇原因了結今薛蟠已得了無名之病被馮淵的魂魄追索而死其禍皆由拐子而起除將拐子按法處治外餘不累及等語小人暗中囑咐拐子令其實招衆人見乩仙批語與拐子相符

自然不疑了薛家有的是錢老爺斷一千也可五百也可與馮家作燒埋之費那馮家也無甚要緊的人不過爲的是錢有了銀子也就無話了老爺細想此計如何雨村笑道不妥不妥等我再斟酌斟酌壓服得口聲纔好二人計議已定至次日坐堂勾取一干有名人犯雨村詳加審問果見馮家人口稀少不過賴此欲得些燒埋之銀薛家仗勢倚情偏不相讓故致顛倒未決雨村便狥情枉法胡亂判斷了此案馮家得了許多燒埋銀子也就無甚話說了雨村便疾忙修書二封與賈政並京營節度使王子騰不過說令甥之事已完不必過慮之言寄去此事皆由葫蘆廟內沙彌新門子所爲雨村又恐他對人說出當日

貧賤時事來因此心中大不樂意後來到底尋了他一個不是
遠遠的充發了纔罷當下言不着雨村且說那買了英蓮打死
馮淵的那薛公子亦係金陵人氏本是書香繼世之家只是如
今這薛公子幼年喪父寡母又憐他是個獨根孤種未免溺愛
縱容些遂致老大無成且家中有百萬之富現領着內帑錢糧
採辦雜料這薛公子學名薛蟠表字文起性情奢侈言語傲慢
雖也上過學不過畧識幾個字終日惟有鬬雞走馬遊山玩景
而已雖是皇商一應經紀世事全然不知不過賴祖父舊日的
情分戶部掛個虛名支領錢糧其餘事體自有夥計老家人等
措辦寡母王氏乃現任京營節度王子騰之妹與榮國府賈政

的夫人王氏是一母所生的姊妹今年方五十上下只有薛蟠
一子還有一女比薛蟠小兩歲乳名寶釵生得肌骨瑩潤舉止
嫻雅當時他父親在日極愛此女令其讀書識字較之乃兄竟
高十倍自父親死後見哥哥不能安慰母心他便不以書字爲
念只留心針黹家計等事好爲母親分憂代勞近因今上崇尚
詩禮徵採才能降不世之隆恩除聘選妃嬪外在世宦名家之
女皆得親名達部以備選擇爲宮主郡主入學陪侍充爲才人
贊善之職自薛蟠父親死後各省中所有的賣買承局總管夥
計人等見薛蟠年輕不諳世事便趁時拐騙起來京都幾處生
意漸亦銷耗薛蟠素聞得都中乃第一繁華之地正思一遊更

趁此機會一來送妹待選二來望親三來親自入部銷算舊賬再計新支其實只為遊覽上國風光之意因此早已檢點下行裝細軟以及饋送親友各色土物人情等類正擇日起身不想偏遇着那拐子賣了英蓮薛蟠見英蓮生的不俗立意買了作妾又遇馮家來奪因恃强喝令豪奴將馮淵打死便將家中事務一一囑托了族中人並幾個老家人自己同着母親妹子竟自起身長行去了人命官司他却視爲兒戲自謂花上幾個錢沒有不了的在路不記其日那日已將入都又聽見舅王子騰陞了九省統制奉旨出都查邊薛蟠心中暗喜道我正愁進京去有舅舅管轄不能任意揮霍如今陞出去可知天從人願因

和母親商議道咱們京中雖有幾處房舍只是這十來年沒人居住那看守的人未免偷着租賃給人住須得先着人去打掃收拾纔好他母親道何必如此招搖咱們這進京去原是先拜望親友或是在你舅舅處或是你姨父家他兩家的房舍極是寬廠的咱們且住下再慢慢兒的著人去收拾豈不消停些薛蟠道如今舅舅正陞了外省去家裡自然忙亂起身咱們這會子反一窩一拖的奔了去豈不沒眼色呢他母親道你舅舅雖陞了去還有你姨父家况這幾年來你舅舅姨娘兩處每每帶信捎書接咱們來如今既來了你舅舅雖忙著起身你賈家的姨娘未必不苦留我們咱們且忙忙的收拾房子豈不使人見

怪你的意思我早知道了守着舅舅姨母住着未免拘緊了不如各自住着好任意施爲你旣如此你自去挑所宅子去住我和你姨娘姊妹們別了這幾年却要住幾日我帶了你妹子去投你姨娘家去你道好不好薛蟠見母親如此說情知扭不過只得吩咐人夫一路奔榮國府而來那時王夫人已知薛蟠官司一事虧賈雨村就中維持了纔放了心又見哥哥陞了邊缺正愁少了娘家的親戚來往略加寂寞過了幾日忽家人報姨太太帶了哥兒姐兒合家進京在門外下車了喜的王夫人忙帶了人接到大廳上將薛姨媽等接進去了姊妹們一朝相見悲喜交集自不必說敘了一番契闊又引著拜見賈母將人情

土物各種酬獻了合家俱廝見過又治席接風薛蟠拜見過賈政賈璉又引着見了賈赦賈珍等賈政便使人進來對王夫人說姨太太已有了年紀外甥年輕不知庶務在外住着恐又要生事偺們東南角上梨香院那一所房十來間白空閒著叫人請了姨太太和姐兒哥兒住了甚好王夫人原要留住賈母也就遣人來說請姨太太就在這裡住下大家親密些薛姨媽正欲同居一處方可拘緊些兒若另在外邊又恐縱性惹禍遂忙應允又私與王夫人說明一應日費供給一槪都免方是處常之法王夫人知他家不難於此遂亦從其自便從此後薛家母女就在梨香院住了原來這梨香院乃當日榮公暮年養靜之

所小小巧巧約有十餘間房舍前廳後舍俱全另有一門通街薛蟠的家人就走此門出入西南上又有一個角門通着夾道子出了夾道便是王夫人正房的東院了每日或飯後或晚間薛姨媽便過來或與賈母閒談或與王夫人相叙寶釵日與黛玉迎春姊妹等一處或看書下棋或做針黹到也十分相安只是薛蟠起初原不欲在賈府中居住生恐姨父管束不得自在無奈母親執意在此且賈宅中又十分殷勤苦留只得暫且住下一面使人打掃出自家的房屋再移居過去誰知自此間住了不上一月賈宅族中凡有的子姪俱已認熟了一半都是那些紈袴氣習莫不喜與他來往今日會酒明日觀花甚至聚賭

嫖娼無所不至引誘的薛蟠比當日更壞了十倍雖說賈政訓子有方治家有法一則族大人多照管不到二則現在房長乃是賈珍彼乃寧府長孫又現襲職凡族中事都是他掌管三則公私冗雜且素性瀟洒不以俗事為要每公暇之時不過看書着棋而已况這梨香院相隔兩層房舍又有街門另開任意可以出入這些子弟們所以只管放意暢懷的因此薛蟠遂將移居之念漸漸打滅了日後如何下回分解

紅樓夢第四回終

紅樓夢第五回

賈寶玉神遊太虛境　警幻仙曲演紅樓夢

第四回中既將薛家母子在榮府中寄居等事畧已表明此回暫可不寫了如今且說林黛玉自在榮府一來賈母萬般憐愛寢食起居一如寶玉把那迎春探春惜春三個孫女兒倒且靠後了就是寶玉黛玉二人的親密友愛也較別人不同日則同行同坐夜則同止同息眞是言和意順似漆如膠不想如今忽然來了一個薛寶釵年紀雖大不多然品格端方容貌美麗人人都說黛玉不及那寶釵却又行爲豁達隨分從時不比黛玉孤高自許目無下塵故深得下人之心就是小丫頭們亦多和

寶釵親近因此黛玉心中便有些不忿寶釵却是渾然不覺那寶玉也在孩提之間況他天性所禀一片愚拙偏僻視姊妹兄弟皆如一體並無親疏遠近之別如今與黛玉同處賈母房中故畧比別的姊妹熟慣些既熟慣便更覺親密既親密便不免有些不虞之隙求全之毁這日不知爲何二人言語有些不和起來黛玉又在房中獨自垂淚寶玉也自悔言語冒撞前去俯就那黛玉方漸漸的回轉過來因東邊寧府花園內梅花盛開賈珍之妻尤氏乃治酒具請賈母邢夫人王夫人等賞花是日先帶了賈蓉夫妻二人來面請賈母等於早飯後過來就在會芳園遊玩先茶後酒不過是寧榮二府眷屬家宴並無別樣新

文趣事可記一時寶玉倦怠欲睡中覺賈母命人好生哄着歇息一回再來賈蓉媳婦秦氏便忙笑道我們這裡有給寶二叔收拾下的屋子老祖宗放心只管交給我就是了因向寶玉的奶娘丫鬟等道嬤嬤姐姐們請寶二叔跟我這裡來賈母素知秦氏是極妥當的人因他生得裊娜纖巧行事又温柔和平乃重孫媳中第一個得意之人見他去安置寶玉自然是放心的了當下秦氏引了一簇人來至上房內間寶玉抬頭看見是一幅畫掛在上面人物固好其故事乃是燃藜圖也心中便有些不快又有一副對聯寫的是

世事洞明皆學問　人情練達即文章

及看了這兩句縱然室宇精美鋪陳華麗亦斷斷不肯在這裡了忙說快出去快出去秦氏聽了笑道這裡還不好往那裡去呢要不就往我屋裡去罷寶玉點頭微笑一個嬤嬤說道那裡有個叔叔往姪兒媳婦房裡睡覺的禮呢秦氏笑道不怕他惱他能多大了就忌諱這些個上月你沒有看見我那個兄弟來了雖然和寶二叔同年兩個人要站在一處只怕那一個還高些呢寶玉道我怎麼沒有見過他你帶他來我瞧瞧衆人笑道隔着二三十里那裡帶去見的日子有呢說着大家來至秦氏臥房剛至房中便有一股細細的甜香寶玉此時便覺眼餳骨軟連說好香入房向壁上看時有唐伯虎畫的海棠春睡圖兩

邊有宋學士秦太虛寫的一副對聯云

嫩寒鎖夢因春冷　芳氣襲人是酒香

案上設着武則天當日鏡室中設的寳鏡一邊擺着趙飛燕立着舞的金盤盤內盛著安祿山擲過傷了太眞乳的木瓜上面設着壽昌公主於含章殿下卧的寳榻懸的是同昌公主製的連珠帳寳玉含笑道這裡好這裡好秦氏笑道我這屋子大約神仙也可以住得了說着親自展開了西施浣過的紗衾移了紅娘抱過的鴛枕于是衆奶姆伏侍寳玉卧好了欵欵散去只留下襲人晴雯麝月秋紋四個丫鬟爲伴秦氏便呌小丫鬟們好生在簷下看着猫兒打架那寳玉纔合上眼便恍恍惚惚的

睡去猶似秦氏在前悠悠蕩蕩跟着秦氏到了一處但見朱欄玉砌綠樹淸溪眞是人跡不逢飛塵罕到寳玉在夢中歡喜想道這個地方兒有趣我若能在這裡過一生强如天天被父母師傅管束呢正在胡思亂想聽見山後有人作歌曰

春夢隨雲散　飛花逐水流

寄言衆兒女　何必覓閒愁

寳玉聽了是個女孩兒的聲氣歌音未息早見那邊走出一個美人來蹁躚裊娜與凡人大不相同有賦爲証

方離柳塢乍出花房但行處鳥驚庭樹將到時影度廻廊

仙袂乍飄兮聞麝蘭之馥郁荷衣欲動兮聽環珮之鏗鏘

靨笑春桃兮雲髻堆翠唇綻櫻顆兮榴齒含香盻纖腰之楚楚兮風迴雪舞耀珠翠之的的兮鴨綠鵝黃出沒花間兮宜嗔宜喜徘徊池上兮若飛若揚蛾眉欲顰兮將言而未語蓮步乍移兮欲止而仍行羨美人之良質兮冰清玉潤慕美人之華服兮閃爍文章愛美人之容貌兮香培玉篆比美人之態度兮鳳翥龍翔其素若何春梅綻雪其潔若何秋蕙披霜其靜若何松生空谷其艷若何霞映澄塘其文若何龍遊曲沼其神若何月射寒江遠慚西子近愧王嬙生於孰地降自何方若非宴罷歸來瑤池不二定應吹簫引去紫府無雙者也

寶玉見是一個仙姑喜的忙來作揖笑問道神仙姐姐不知從那裡來如今要往那裡去我也不知這裡是何處望乞攜帶攜帶那仙姑道吾居離恨天之上灌愁海之中乃放春山遣香洞太虛幻境警幻仙姑是也司人間之風情月債掌塵世之女怨男痴因近來風流冤孽纏綿于此是以前來訪察機會佈散相思今日與爾相逢亦非偶然此離吾境不遠別無他物僅有自采仙茗一盞親釀美酒幾甕素練魔舞歌姬數人新塡紅樓夢仙曲十二支可試隨我一遊否寶玉聽了喜躍非常便忘了秦氏在何處了竟隨着這仙姑到了一個所在忽見前面有一座石牌橫建上書太虛幻境四大字兩邊一副對聯乃是

假作真時真亦假　無爲有處有還無
轉過牌坊便是一座宮門上面橫書著四個大字道是孽海情天也有一副對聯大書云
厚地高天堪嘆古今情不盡
痴男怨女可憐風月債難酬
寶玉看了心下自思道原來如此但不知何爲古今之情又何爲風月之債從今倒要領略領略寶玉只顧如此一想不料早把些邪魔招入膏肓了當下隨了仙姑進入二層門內只見兩邊配殿皆有匾額對聯一時看不盡許多惟見幾處寫着的是痴情司結怨司朝啼司暮哭司春感司秋悲司看了因向仙姑

道敢煩仙姑引我到那各司中遊玩遊玩不知可使得麼仙姑道此中各司存的是普天下所有的女子過去未來的簿冊爾乃凡眼塵軀未便先知的寶玉聽了那裡肯捨又再四的懇求那警幻便說也罷就在此司內畧隨喜隨喜罷寶玉喜不自勝抬頭看這司的匾上乃是薄命司三字兩邊寫著對聯道
春恨秋悲皆自惹　花容月貌爲誰妍
寶玉看了便知感歎進入門中只見有十數箇大櫥皆用封條封着看那封條上皆有各省字樣寶玉一心只揀自已家鄉的封條看只見那邊櫥上封條大書金陵十二釵正冊寶玉因問何爲金陵十二釵正冊警幻道卽爾省中十二冠首女子之册

故為正册寶玉道常聽人說金陵極大怎麼只十二個女子如今单我們家裡上上下下就有幾百個女孩兒警幻微笑道一省女子固多不過擇其緊要者錄之兩邊二櫥則又次之餘者庸常之輩便無册可錄了寶玉再看下首一櫥上寫着金陵十二釵副册又一櫥上寫着金陵十二釵又副册寶玉便伸手先將又副册櫥門開了拿出一本册來揭開看時只見這首頁上畫的既非人物亦非山水不過是水墨滃染滿紙烏雲濁霧而已後有幾行字跡寫道是

霽月難逢彩雲易散心比天高身為下賤風流靈巧招人怨壽夭多因誹謗生多情公子空牽念

寶玉看了不甚明白又見後面畫着一簇鮮花一床破蓆也有幾句言詞寫道是

枉自温柔和順　空云似桂如蘭
堪羡優伶有福　誰知公子無緣

寶玉看了益發解說不出是何意思遂將這一本册子擱起來又去開了副册櫥門拿起一本册來打開看時只見首頁也是畫的畫着一枝桂花下面有一方池沼其中水涸泥乾蓮枯藕敗後面書云

根並荷花一莖香　平生遭際實堪傷
自從兩地生孤木　致使香魂返故鄉

寶玉看了又不解又去取那正册看時只見頭一頁上畫着是兩株枯木木上懸着一圍玉帶地下又有一堆雪雪中一股金簪也有四句詩道

可歎停機德　堪憐咏絮才
玉帶林中掛　金簪雪裡埋

寶玉看了仍不解待要問時知他必不肯洩漏天機待要丟下又不捨遂往後看只見畫着一張弓弓上掛着一個香櫞也有一首歌詞云

二十年來辨是非　榴花開處照宮闈
三春爭及初春景　虎兕相逢大夢歸

後面又畫着兩個人放風箏一片大海一隻大船船中有一女子掩面泣涕之狀畫後也有四句寫着道

才自清明志自高　生於末世運偏消
清明涕泣江邊望　千里東風一夢遙

後面又畫着幾縷飛雲一灣逝水其詞曰

富貴又何爲　襁褓之間父母違
展眼弔斜暉　湘江水逝楚雲飛

後面又畫着一塊美玉落在泥污之中其斷語云

欲潔何曾潔　云空未必空
可憐金玉質　終陷淖泥中

後面忽畫一惡狼追撲一美女欲啖之意其下書云

子係中山狼　得志便猖狂

金閨柳花質　一載赴黃粱

後面便是一所古廟裡面有一美人在内看經獨坐其判云

勘破三春景不長　緇衣頓改昔年粧

可憐繡戶侯門女　獨臥青燈古佛傍

後面便是一片氷山上有一支雌鳳其判云

凡鳥偏從末世來　都知愛慕此生才

一從二令三人木　哭向金陵事更哀

後面又是一座荒村野店有一美人在那裡紡績其判曰

勢敗休云貴　家亡莫論親

偶因濟村婦　巧得遇恩人

詩後又畫一盆茂蘭傍有一位鳳冠霞帔的美人也有判云

桃李春風結子完　到頭誰似一盆蘭

如氷水好空相妒　枉與他人作笑談

詩後又畫一座高樓上有一美人懸梁自盡其判云

情天情海幻情深　情既相逢必主淫

漫言不肖皆榮出　造釁開端實在寧

寶玉還欲看時那仙姑知他天分高明性情穎慧恐洩漏天机便掩了卷冊笑向寶玉道且隨我去遊玩奇景何必在此打這

問葫蘆寶玉恍恍惚惚不覺棄了卷冊又隨警幻來至後面但見畫棟雕簷珠簾綉幙仙花馥郁異草芬芳真好所在也正是

光搖朱戶金鋪地　雪照瓊窗玉作宮

又聽警幻笑道你們快出來迎接貴客一言未了只見房中走出幾個仙子來荷袂蹁躚羽衣飄舞嬌若春花媚如秋月見了寶玉都怨謗警幻道我們不知係何貴客忙的接出來姐姐曾說今日今時必有絳珠妹子的生魂前來遊玩故我久待何故反引這濁物來汚染清淨女兒之境寶玉聽如此說便嚇的欲退不能果覺自形汚穢不堪警幻忙攜住寶玉的手向眾仙姬笑道你等不知原委今日原欲往榮府去接絳珠適從寧府經過偶遇寧榮二公之靈囑吾云吾家自國朝定鼎以來功名奕世富貴流傳已歷百年奈運終數盡不可挽回我等之子孫雖多竟無可以繼業者惟嫡孫寶玉一人稟性乖張用情怪譎雖聰明靈慧略可望成無奈吾家運數合終恐無人規引入正幸仙姑偶來望先以情慾聲色等事警其痴頑或能使他跳出迷人圈子入於正路便是吾兄弟之幸了如此囑吾故發慈心引彼至此先以他家上中下三等女子的終身冊籍令其熟玩尚未覺悟故引了再到此處遍歷那飲饌聲色之幻或冀將來一悟未可知也說畢攜了寶玉入室但聞一縷幽香不知所聞何物寶玉不禁相問警幻冷笑道此香乃塵世所無爾如何能知

此係諸名山勝境初生異卉之精合各種寶林珠樹之油所製名為羣芳髓寶玉聽了自是羨慕於是大家入座小鬟捧上茶來寶玉覺得香清味美迥非常品因又問何名警幻道此茶出在放春山遣香洞又以仙花靈葉上所帶的宿露烹了名曰千紅一窟寶玉聽了點頭稱賞因看房內瑤琴寶鼎古畫新詩無所不有更喜牕下亦有唾絨奩間時漬粉汙壁上也掛着一副對聯書云

幽微靈秀地　無可奈何天

寶玉看畢因又請問衆仙姑姓名一名癡夢仙姑一名鍾情大士一名引愁金女一名度恨菩提各各道號不一少刻有小鬟來調桌安椅擺設酒饌正是

瓊漿滿泛玻璃盞　玉液濃斟琥珀盃

寶玉因此酒香冽異常又不禁相問警幻道此酒乃以百花之蕤萬木之汁加以麟髓鳳乳釀成因名為萬豔同盃寶玉稱賞不迭飲酒間又有十二個舞女上來請問演何詞曲警幻道就將新製紅樓夢十二支演上來舞女們答應了便輕敲檀板款按銀箏聽他歌道是

開闢鴻濛

方歌了一句警幻道此曲不比塵世中所填傳奇之曲必有生旦淨末之則又有南北九宮之調此或咏嘆一人或感懷一事

偶成一曲即可譜入管絃若非個中人不知其中之妙料爾亦未必深明此調若不先閱其稿後聽其曲反成嚼蠟矣說畢回頭命小鬟取了紅樓夢原稿來遞與寶玉寶玉接過來一面目視其文耳聆其歌曰

（紅樓夢引子）開闢鴻濛誰爲情種都只爲風月情濃奈何天傷懷日寂寥時試遣愚衷因此上演出這悲金悼玉的紅樓夢

（終身誤）都道是金玉良緣俺只念木石前盟空對着山中高士晶瑩雪終不忘世外仙姝寂寞林嘆人間美中不足今方信縱然是齊眉舉案到底意難平

（枉凝眉）一個是閬苑仙葩一個是美玉無瑕若說沒奇緣今生偏又遇着他若說有奇緣如何心事終虛話一個枉自嗟呀一個空勞牽掛一個是水中月一個是鏡中花想眼中能有多少淚珠兒怎禁得秋流到冬春流到夏

却說寶玉聽了此曲散漫無稽未見得好處但其聲韻淒婉竟能銷魂醉魄因此也不問其原委也不究其來歷就暫以此釋悶而已因又看下面道

（恨無常）喜榮華正好恨無常又到眼睜睜把萬事全拋蕩悠悠芳魂銷耗望家鄉路遠山高故向爹娘夢裡相尋告兒命已入黃泉天倫呵須要退步抽身早

（分骨肉）一帆風雨路三千。把骨肉家園齊來拋閃。恐哭損殘年。告爹娘休把兒懸念。自古窮通皆有定。離合豈無緣。從今分兩地。各自保平安。奴去也。莫牽連。

（樂中悲）襁褓中父母嘆雙亡。縱居那綺羅叢誰知嬌養。幸生來英豪闊大寬宏量。從未將兒女私情略縈心上。好一似霽月光風耀玉堂。厮配得才貌仙郎。博得個地久天長。準折得幼年時坎坷形狀。終久是雲散高唐。水涸湘江。這是塵寰中消長數應當。何必枉悲傷。

（世難容）氣質美如蘭。才華馥比仙。天生成孤癖人皆罕。你道是啖肉食腥膻。視綺羅俗厭。却不知。好高人愈妒。過潔世同嫌。可嘆這青燈古殿人將老。孤負了紅粉朱樓春色闌。到頭來依舊是風塵骯髒違心願。好一似無瑕白玉遭泥陷。又何須王孫公子嘆無緣。

（喜冤家）中山狼。無情獸。全不念當日根由。一味的驕奢淫蕩貪歡媾。覷着那侯門艷質同蒲柳。作踐的公府千金似下流。嘆芳魂艷魄。一載蕩悠悠。

（虛花悟）將那三春看破。桃紅柳綠待如何。把這韶華打滅。覓那清淡天和。說什麼天上夭桃盛。雲中杏蕊多。到頭來誰見把秋捱過。則看那白楊村裏人嗚咽。青楓林下鬼吟哦。更兼着連天衰草遮墳墓。這的是昨貧今富人勞碌。春

榮秋謝花折磨似這般生關死劫誰能躲聞說道西方寶樹喚婆娑上結著長生菓

(聰明累)機關算盡太聰明反算了卿卿性命前生心已碎死後性空靈家富人寧終有個家亡人散各奔騰枉費了意懸懸半世心好一似蕩悠悠三更夢忽喇喇似大廈傾昏慘慘似燈將盡呀一場歡喜忽悲辛嘆人世終難定

(留餘慶)留餘慶留餘慶忽遇恩人幸娘親娘親積得陰功勸人生濟困扶窮休似俺那愛銀錢忘骨肉的狠舅奸兄正是乘除加減上有蒼穹

(晚韶華)鏡裡恩情更那堪夢裡功名那美韶華去之何迅再休提繡帳鴛衾只這戴珠冠披鳳襖也抵不了無常性命雖說是人生莫受老來貧也須要陰騭積兒孫氣昂昂頭戴簪纓光燦燦胸懸金印威赫赫爵祿高登昏慘慘黃泉路近問古來將相可還存也只是虛名兒後人欽敬

(好事終)畫梁春盡落香塵擅風情秉月貌便是敗家的根本箕裘頹墮皆從敬家事消亡首罪寧宿孽總因情

(飛鳥各投林)為官的家業凋零富貴的金銀散盡有恩的死裡逃生無情的分明報應欠命的命已還欠淚的淚已盡冤冤相報自非輕分離聚合皆前定欲知命短問前生老來富貴也真僥倖看破的遁入空門癡迷的枉送了性

命。好一似食盡鳥投林。落了片白茫茫大地真干淨。歌畢還又歌副歌警幻見寶玉甚無趣味因歎痴兒竟尚未悟那寶玉忙止歌姬不必再唱自覺朦朧恍惚告醉求卧警幻便命撤去殘席送寶玉至一香閨綉閣中其間鋪陳之盛乃素所未見之物更可駭者早有一位仙姬在內其鮮艷嫵媚大似寶釵裊娜風流又如黛玉正不知是何意忽見警幻說道塵世中多少富貴之家那些綠窗風月繡閣烟霞皆被那些淫污紈袴與流蕩女子玷辱了更可恨者自古來多少輕薄浪子皆以好色不淫爲飾又以情而不淫作案此皆飾非掩醜之語耳好色卽淫知情更淫是以巫山之會雲雨之歡皆由既悅其色復戀

其情所致吾所愛汝者乃天下古今第一淫人也寶玉聽了唬的忙答道仙姑差了我因懶于讀書家父母尚每垂訓飭豈敢再冒淫字况且年紀尚幼不知淫爲何事警幻道非也淫雖一理意則有別如世之好淫者不過悅容貌喜歌舞調笑無厭雲雨無時恨不能天下之美女供我片時之趣興此皆皮膚濫淫之蠢物耳如爾則天分中生成一段痴情吾輩推之爲意淫惟意淫二字可心會而不可口傳可神通而不能語達汝今獨得此二字在閨閣中雖可爲良友却於世道中未免迂濶怪詭百口嘲謗萬目睚眦今既遇爾祖寧榮二公剖腹深囑吾不忍子獨爲我閨閣增光而見棄於世道故引子前來醉以美酒沁

以仙茗警以妙曲再將吾妹一人乳名兼美表字可卿者許配與汝今夕良時即可成姻不過令汝領略此仙閨幻境之風光尚然如此何況塵世之情景呢從今後萬萬解釋改悟前情留意於孔孟之間委身于經濟之道說畢便秘授以雲雨之事推寶玉入房中將門掩上自去那寶玉恍恍惚惚依著警幻所囑未免作起兒女的事來也難以盡述至次日便柔情繾綣軟語温存與可卿難解難分因二人攜手出去遊玩之時忽然至一個所在但見荊榛遍地狼虎同行迎面一道黑溪阻路並無橋梁可通正在猶豫之間忽見警幻從後追來說道快休前進作速回頭要緊寶玉忙止步問道此係何處警幻道此乃迷津深

有萬丈遙亘千里中無舟楫可通只有一個木筏乃木居士掌柁灰侍者撐篙不受金銀之謝但遇有緣者渡之爾今偶遊至此設如墜落其中便深負我從前諄諄警戒之語了話猶未了只聽迷津內響如雷聲有許多夜叉海鬼將寶玉拖將下去嚇得寶玉汗下如雨一面失聲喊叫可卿救我嚇得襲人輩衆丫鬟忙上來摟住叫寶玉不怕我們在這裡呢却說秦氏正在房外囑附小丫頭們好生看着猫兒狗兒打架忽聞寶玉在夢中喚他的小名兒因納悶道我的小名兒這裡從無人知道他如何得知在夢中叫出來未知何因下回分解

紅樓夢第五回終

紅樓夢第六回

賈寶玉初試雲雨情　劉老老一進榮國府

却說秦氏因聽見寶玉夢中喚他的乳名心中納悶又不好細問彼時寶玉迷迷惑惑若有所失遂起身解懷整衣襲人過來給他繫褲帶時剛伸手至大腿處只覺冰冷粘濕的一片嚇的忙褪回手來問是怎麽了寶玉紅了臉把他的手一捻襲人本是個聰明女子年紀又比寶玉大兩歲近來也漸省人事今見寶玉如此光景心中便覺察了一半不覺把個粉臉羞的飛紅遂不好再問仍舊理好衣裳隨至賈母處來胡亂吃過晚飯過這邊來趁衆奶娘丫鬟不在旁時另取出一件中衣與寶玉換

上寶玉含羞央告道好姐姐千萬別告訴人襲人也含着羞悄悄的笑問道你爲什麽說到這裡把眼又往四下裡瞧了瞧纔又問道那是那裡流出來的寶玉只管紅著臉不言語襲人却只瞅着他笑遲了一會寶玉纔把夢中之事細說與襲人聽說到雲雨私情羞的襲人掩面伏身而笑寶玉亦素喜襲人柔媚姣俏遂强拉襲人同領警幻所訓之事襲人自知賈母曾將他給了寶玉也無可推托的扭捏了半日無奈何只得和寶玉温存了一番自此寶玉視襲人更自不同襲人待寶玉也越發盡職了這話暫且不提且說榮府中合算起來從上至下也有三百餘口人一天也有一二十件事竟如亂麻一般没個頭緒可

作網領正思從那一件事那一個人寫起方妙却好忽從千里之外芥豆之微小小一個人家因與榮府略有些瓜葛這日正往榮府中來因此便就這一家說起到還是個頭緒原來這小小之家姓王乃本地人氏祖上也做過一個小小京官昔年曾與鳳姐之祖王夫人之父認識因貪王家的勢利便連了宗認作姪兒那時只有王夫人之大兄鳳姐之父與王夫人隨在京的知有此一門遠族餘者也皆不知目今其祖早故只有一個兒子名喚王成因家業蕭條仍搬出城外鄉村中住了王成亦相繼身故有子小名狗兒娶妻劉氏生子小名板兒又生一女名喚青兒一家四口以務農為業因狗兒白日間自作些生計

劉氏又操井臼等事青板姊弟兩個無人照管狗兒遂將岳母劉老老接來一處過活這劉老老乃是個久經世代的老寡婦膝下又無子息只靠兩畝薄田度日如今女婿接了養活豈不願意呢遂一心一計帮著女兒女婿過活因這年秋盡冬初天氣冷將上來家中冬事未辦狗兒未免心中煩躁吃了幾杯悶酒在家裡閒尋氣惱劉氏不敢頂撞因此劉老老看不過便勸道姑爺你别嗔著我多嘴咱們村庄人家兒那一個不是老老實實守著多大碗兒吃多大的飯呢你皆因年小時候托着老子娘的福吃喝慣了如今所以有了錢就顧頭不顧尾沒了錢就瞎生氣成了什麼男子漢大丈夫了如今咱們雖離城住著

終是天子脚下這長安城中遍地皆是錢只可惜沒人會去拿罷了在家跳蹋也沒用狗兒聽了道你老只會在炕頭上坐着混說難道叫我打刼去不成劉老老說道誰叫你去打刼呢也到底大家想個方法兒纔好不然那銀子錢會自已跑到偺們家裡來不成狗兒冷笑道有法兒還等到這會子呢我又沒有收稅的親戚做官的朋友有什麽法子可想的就有也只怕他們未必來理我們呢劉老老道這倒也不然謀事在人成事在天偺們謀到了靠菩薩的保佑有些機會也未可知我倒替你們想出一個機會來當日你們原是和金陵王家連過宗的二十年前他們看承你們還好如今是你們拉硬屎不肯去就和他纔踈遠起來想當初我和女兒還去過一遭他家的二小姐着實爽快會待人的倒不拿大如今現是榮國府賈二老爺的夫人聽見他們說如今上了年紀越發憐貧恤老的了又愛齋僧布施如今王府雖陞了官兒只怕二姑太太還認的偺們你爲什麽不走動走動或者他還念舊有些好處也未可知只要他發點好心拔根寒毛比偺們的腰還壯呢劉氏接口道你老說的好你我這樣嘴臉怎麽好到他門上去只怕他那門上人也不肯進去告訴沒的白打嘴現世的誰知狗兒利名心重聽如此說心下便有些活動又聽他妻子這番話便笑道老老既這麽說況且當日你又見過這姑太太一次爲什麽不你老人

家明日就去走一遭先試試風頭兒去劉老老道噯喲可是說的了侯門似海我是個什麼東西兒他家人又不認得我去了也是白跑狗兒道不妨我教給你個法兒你竟帶了小板兒先去找陪房周大爺要見了他就有些意思了這周大爺先時和我父親交過一椿事我們本極好的劉老老道我也知道只是許多時不走動知道他如今是怎樣這也說不得了你又是個男人這麼個嘴臉自然去不得我們姑娘年輕的媳婦兒也難賣頭賣脚的倒還是捨着我這付老臉去碰碰果然有好處大家也有益當晚計議已定次日天未明時劉老老便起來梳洗了又將板兒教了幾句話五六歲的孩子聽見帶了他進城逛

去喜歡的無不應承於是劉老老帶了板兒進城至寧榮街來到了榮府大門前石獅子旁邊只見滿門口的轎馬劉老老不敢過去撣撣衣服又教了板兒幾句話然後溜到角門前只見幾個挺胸疊肚指手畫脚的人坐在大門上說東談西的劉老老只得蹭上來問太爺們納福衆人打量了一會便問是那裡來的劉老老陪笑道我找太太的陪房周大爺的煩那位太爺替我請他出來那些人聽了都不理他半日方說道你遠遠的那墻畸角兒等着一會子他們家裡就有人出來內中有個年老的說道何苦悞他的事呢因向劉老老道周大爺往南邊去了他在後一帶住着他們奶奶兒倒在家呢你打這邊遶到後

街門上找就是了劉老老謝了遂領著板兒遶至後門上只見門上歇着些生意擔子也有賣吃的也有賣頑耍的鬧吵吵三二十個孩子在那裡劉老老便拉住一個道我問哥兒一聲有個周大娘在家麽那孩子番眼瞅着道那個周大娘我們這裡周大娘有幾個呢不知那一個行當兒上的劉老老道他是太太的陪房那孩子道這個容易你跟了我來引着劉老老進了後院到一個院子牆邊指道這就是他家又叫道周大媽有個老奶奶子找你呢周瑞家的在内忙迎出來問是那位劉老老迎上來笑問道好啊周嫂子周瑞家的認了半日方笑道劉老老你好你說麽這幾年不見我就忘了請家裡坐劉老老一面

走一面笑說道你老是貴人多忘事了那裡還記得我們說着來至房中周瑞家的命僱的小丫頭倒上茶來吃著周瑞家的又問道板兒長了這麽大了麽又問些別後閒話又問劉老老今日還是路過還是特來的劉老老便說原是特來瞧瞧嫂子二則也請請姑太太的安若可以領我見一見更好若不能就借重嫂子轉致意罷了周瑞家的聽了便已猜著幾分來意只因他丈夫昔年爭買田地一事多得狗兒他父親之力今見劉老老如此心中難却其意二則也要顯弄自已的體面便笑說老老你放心大遠的誠心誠意來了豈有個不叫你見個真佛兒去的呢論理人來客至却都不與我相干我們這裡都是各

一樣兒我們男的只管春秋兩季地租子閑了時帶着小爺們出門就完了我只管跟太太奶奶們出門的事皆因你是太太的親戚又拿我當個人投奔了我來我竟破個例給你通個信兒去但只一件你還不知道呢我們這裡不比五年前了如今太太不理事都是璉二奶奶當家你打諒璉二奶奶是誰就是太太的內姪女兒大舅老爺的女孩兒小名兒叫鳳哥的劉老老聽了忙問道原來是他怪道呢我當日就說他不錯這麼說起來我今兒還得見他了周瑞家的道這個自然如今有客來都是鳳姑娘周旋接待今兒寧可不見太太倒得見他一面纔不枉走這一遭兒劉老老道阿彌陀佛這全仗嫂子方便了周

瑞家的說老老說那裡話俗語說的好與人方便自己方便不過用我一句話又費不着我什麼事說着便喚小丫頭到倒廳兒上悄悄的打聽老太太屋裡擺了飯了沒有小丫頭去了這裡二人又說了些閒話劉老老因說這位鳳姑娘今年不過十八九歲罷了就這等有本事當這樣的家可是難得的周瑞家的聽了道嗐我的老老告訴不得你了這鳳姑娘年紀兒雖小行事兒比是人都大呢如今出挑的美人兒是的少說着只怕有一萬心眼子再要賭口齒十個會說的男人也說不過他呢回來你見了就知道了就只一件待下人未免太嚴些兒說着小丫頭回來說老太太屋裡擺完了飯了二奶奶在太太屋裡

呢周瑞家的聽了連忙起身催著劉老老快走這一下來就只吃飯是個空兒偺們先等着去若遲了一步回事的人多了就難說了再歇了中覺越發沒時候了說着一齊下了炕整頓衣服又教了板兒幾句話跟著周瑞家的逶迤往賈璉的住宅來先至倒廳周瑞家的將劉老老安插住等着自已却先過影壁走進了院門知鳳姐尚未出來先找着鳳姐的一個心腹通房大丫頭名喚平兒的周瑞家的先將劉老老起初來歷說明又說今日大遠的來請安當日太太是常會的所以我帶了他過來等着奶奶下來我細細兒的回明了想來奶奶也不至嗔着我莽撞的平兒聽了便作了個主意叫他們進來先在這裡坐着就是了周瑞家的纔出去領了他們進來上了正房台階小丫頭打起猩紅毡簾纔入堂屋只聞一陣香撲了臉來竟不知是何氣味身子就像在雲端裡一般滿屋裡的東西都是耀眼爭光使人頭暈目眩劉老老此時只有點頭咂嘴念佛而已於是走到東邊這間屋裡乃是賈璉的女兒睡覺之所平兒站在炕沿邊打量了劉老老兩眼只得問個好讓了坐劉老老見平兒遍身綾羅插金戴銀花容月貌便當是鳳姐兒了纔要稱姑奶奶只見周瑞家的說他是平姑娘又見平兒赶着周瑞家的叫他周大娘方知不過是個有體面的丫頭於是讓劉老老和板兒上了炕平兒和周瑞家的對面坐在炕沿上小丫頭們倒

了茶来吃了劉老老只聽見咯噹咯噹的响聲狠似打羅篩麵的一般不免東瞧西望的忽見堂屋中柱子上掛着一個匣子底下又墜着一個秤鉈是的却不住的亂晃劉老老心中想着這是什麽東西有煞用處呢正發獃時陡聽得噹的一聲又若金鐘銅磬一般倒唬得不住的展眼兒接着一連又是八九下欲待問時只見小丫頭們一齊亂跑說奶奶下来了平兒和周瑞家的忙起身說老老只管坐着等是時候兒我們來請你說着迎出去了劉老老只屏聲側耳默候只聽遠遠有人笑聲約有一二十個婦人衣裙窸窣漸入堂屋往那邊屋內去了又見三兩個婦人都捧着大紅油漆盒進這邊来等候聽得那邊說

道擺飯漸漸的人纔散出去只有伺候端菜的幾個人半日鴉雀不聞忽見兩個人抬了一張炕桌来放在這邊炕上桌上碗盤擺列仍是滿滿的魚肉不過畧動了幾樣板兒一見就吵着要肉吃劉老老打了他一巴掌忽見周瑞家的笑嘻嘻走過来點兒手叫他劉老老會意於是帶著板兒下炕至堂屋中間周瑞家的又和他咕唧了一會子方蹭到這邊屋內只見門外銅鈎上懸着大紅灑花軟簾南窻下是炕炕上大紅條氊靠東邊板壁立着一個鎖子錦的靠背和一個引枕鋪着金線閃的大坐褥傍邊有銀唾盒那鳳姐家常帶着紫貂昭君套圍着那攢珠勒子穿着桃紅灑花襖石青刻絲灰鼠披風大紅洋縐銀鼠

皮裙粉光脂艷端端正正坐在那裡手內拿著小銅火箸兒撥手爐內的灰平兒站在炕沿邊捧着小小的一個填漆茶盤盤內一個小蓋鍾兒鳳姐也不接茶也不抬頭只管撥那灰慢慢的道怎麽還不請進來一面說一面抬身要茶時只見周瑞家的已帶了兩個人立在面前了這纔忙欲起身猶未起身滿面春風的問好又嗔着周瑞家的怎麽不早說劉老老已在地下拜了幾拜問姑奶奶安鳳姐忙說周姐姐攙着不拜罷我年輕不大認得可也不知是什麽輩數兒不敢稱呼周瑞家的忙回道這就是我纔回的那個老老了鳳姐點頭劉老老已在炕沿上坐下了板兒便躲在他背後百般的哄他出來作揖他死也

不肯鳳姐笑道親戚們不大走動都疎遠了知道的呢說你們棄嫌我們不肯常來不知道的那起小人還只當我們眼裡沒人是的劉老老忙念佛道我們家道艱難走不起來到這裡沒的給姑奶奶打嘴就是管家爺們瞧着也不像鳳姐笑道這話没的叫人惡心不過托賴着祖父的虛名作個窮官兒罷咧誰家有什麽不過也是個空架子俗語兒說的好朝廷還有三門子窮親呢何况你我說着又問周瑞家的回了太太了沒有周瑞家的道等奶奶的示下鳳姐兒道你去瞧瞧要是有人就罷要得閒呢就回了看怎麽說周瑞家的答應去了這裡鳳姐叫人抓了些菓子給板兒吃剛問了幾句閒話時就有家下許多

媳婦兒管事的來回話平兒回了鳳姐道我這裡陪客呢晚上再來回要有緊事你就帶進來現辦平兒出去一會進來說我問了沒什麼要緊的我叫他們散了鳳姐點頭只見周瑞家的回來向鳳姐道太太說今日不得閒兒二奶奶陪着也是一樣多謝費心想著要是白來逛逛呢便罷有什麼說的只管告訴二奶奶劉老老道也沒甚的說不過來瞧瞧姑太太姑奶奶也是親戚們的情分周瑞家的道沒有什麼說的便罷要有話只管回二奶奶和太太是一樣兒的一面說一面遞了個眼色兒劉老老會意未語先紅了臉待要不說今日所爲何來只得勉强說道論今日初次見原不該說的只是大遠的奔了你老這

裡來少不得說了剛說到這裡只聽二門上小厮們回說東府裡小大爺進來了鳳姐忙和劉老老擺手道不必說了一面便問你蓉大爺在那裡呢只聽一路靴子响進來了一個十七八歲的少年面目清秀身段苗條美服華冠輕裘寶帶劉老老此時坐不是站不是藏沒處藏躲沒處躲鳳姐笑道你只管坐着罷這是我姪兒劉老老纔扭扭捏捏的在炕沿兒上側身坐下那賈蓉請了安笑回道我父親打發來求嬸子上回老舅太太給嬸子的那架玻璃炕屏明兒請個要緊的客畧擺一擺就送來鳳姐道你來遲了昨兒已經給了人了賈蓉聽說便笑嘻嘻的在炕沿上下個半跪道嬸子要不借我父親又說我不會說

話了又要挨一頓好打好嬸子只當可憐我罷鳳姐笑道也沒見我們王家的東西都是好的你們那裡放著那些好東西只別看見我的東西纔罷一見了就想拿了去賈蓉笑道只求嬸娘開恩罷鳳姐道碰壞一點兒你可仔細你的皮因命平兒拿了樓門上鑰匙叫幾個妥當人來抬去賈蓉喜的眉開眼笑忙說我親自帶人拿去別叫他們亂碰說着便起身出去了這鳳姐忽然想起一件事來便向窗外叫蓉兒回來外面幾個人接聲說請蓉大爺回來呢賈蓉忙回來滿臉笑容的瞅着鳳姐聽何指示那鳳姐只管慢慢吃茶出了半日神忽然把臉一紅笑道罷了你先去罷晚飯後你來再說罷這會子有人我也沒精

神了賈蓉答應個是抿著嘴兒一笑方慢慢退去這劉老老方安頓了便說道我今日帶了你姪兒不爲別的因他爹娘連吃的沒有天氣又冷只得帶了你姪兒奔了你老來說著又推板兒道你爹在家裡怎麼教你的打發偺們來作煞事的只顧吃菓子鳳姐早已明白了聽他不會說話因笑道不必說了我知道了因問周瑞家的道這老老不知用了早飯沒有呢劉老老忙道一早就往這裡赶咧那裡還有吃飯的工夫咧鳳姐便命快傳飯來一時周家的傳了一棹客饌擺在東屋裡過來帶了劉老老和板兒過去吃飯鳳姐這裡道周姐姐好生讓着些兒我不能陪了一面又叫過周瑞家的來問道方纔回了太太太

太怎麽說了周瑞家的道太太說他們原不是一家子當年他們的祖和太老爺在一處做官因連了宗的這幾年不大走動當時他們來了那也從沒空過的如今來瞧我們也是他的好意別簡慢了他要有什麽話叫二奶奶裁奪着就是了鳳姐聽了說道怪道既是一家子我怎麽連影兒也不知道說話間劉老老已吃完了飯拉了板兒過來舔唇咂嘴的道謝鳳姐笑道且請坐下聽我告訴你方纔你的意思我已經知道了論起親戚來原該不等上門就有照應纔是但只如今家裏事情太多太太上了年紀一時想不到是有的我如今接着管事這些親戚們又都不大知道况且外面看著雖是烈烈轟轟不知大有大的難處說給人也未必信你既大遠的來了又是頭一遭兒和我張個口怎麽叫你空回去呢可巧昨兒太太給我的丫頭們作衣裳的二十兩銀子還沒動呢你不嫌少先拿了去用罷那劉老老先聽見告艱苦只當是没想頭了又聽見給他二十兩銀子喜的眉開眼笑道我們也知道艱難的但只俗語說的瘦死的駱駝比馬還大呢憑他怎樣你老拔一根寒毛比我們的腰還壯哩周瑞家的在旁聽見他說的粗鄙只管使眼色止他鳳姐笑而不採叫平兒把昨兒那包銀子拿來再拿一串錢都送至劉老老跟前鳳姐道這是二十兩銀子暫且給這孩子們作件冬衣罷改日沒事只管來逛逛纔是親戚們的意思天

也晚了不虛留你們了到家該問好的都問個好兒罷一面說
一面就站起來了劉老老只是千恩萬謝的拿了銀錢跟着周
瑞家的走到外邊周瑞家的道我的娘你怎麼見了他倒不會
說話了呢開口就是你姪兒我說句不怕你惱的話就是親姪
兒也要說的和軟些兒那蓉大爺纔是他的姪兒呢他怎麼又
跑出這麼個姪兒來了呢劉老老笑道我的嫂子我見了他心
眼兒裡愛還愛不過來那裡還說的上話來二人說着又到周
瑞家坐了片刻劉老老要留下一塊銀子給周家的孩子們買
菓子吃周瑞家的那裡放在眼裡執意不肯劉老老感謝不盡
仍從後門去了未知去後如何且聽下回分解

紅樓夢第六回終

紅樓夢第七回

送宮花賈璉戲熙鳳　宴寧府寶玉會秦鐘

話說周瑞家的送了劉老老去後便上來回王夫人話誰知王夫人不在上房問丫鬟們方知往薛姨媽那邊說話兒去了周瑞家的聽說便出東角門過東院往梨香院來剛至院門前只見王夫人的丫鬟金釧兒和那一個纔留頭的小女孩兒站在臺階兒上頑呢看見周瑞家的進來便知有話來回因往裡撇嘴兒周瑞家的輕輕撳簾進去見王夫人正和薛姨媽長篇大套的說些家務人情話周瑞家的不敢驚動遂進裡間來只見薛寶釵家常打扮頭上只挽着鬢兒坐在炕裡邊伏在几上和

丫鬟鶯兒正在那裡描花樣子呢見他進來便放下筆轉過身滿面堆笑讓周姐姐坐周瑞家的也忙陪笑問道姑娘好一面炕沿邊坐了因說這有兩三天也沒見姑娘到那邊逛逛去只怕是你寶兄弟衝撞了你不成寶釵笑道那裡的話只因我那宗病又發了所以且靜養兩天周瑞家的道正是呢姑娘到底有什麼病根兒也該趁早請個大夫認真醫治醫治小小的年紀兒倒作下個病根兒也不是頑的呢寶釵聽說笑道再別提起這個病也不知請了多少大夫吃了多少藥花了多少錢總不見一點效驗兒後來還虧了一個和尚專治無名的病症因請他看了他說我這是從胎裡帶來的一股熱毒幸而我先天

壯還不相干要是吃丸藥是不中用的他就說了個海上仙方兒又給了一包末藥作引子異香異氣的他說犯了時吃一丸就好了倒也奇怪這倒效驗些周瑞家的因問道不知是什麼方兒姑娘說了我們也好記着說給人知道要遇見這樣病也是行好的事寶釵笑道不問這方兒還好若問這方兒真把人瑣碎死了東西藥料一槩都有限最難得是可巧二字要春天開的白牡丹花蕊十二兩夏天開的白荷花蕊十二兩秋天的白芙蓉蕊十二兩冬天的梅花蕊十二兩將這四樣花蕊於次年春分這一天晒乾和在末藥一處一齊研好又要雨水這日的天落水十二錢周瑞家的笑道噯呀這麼說就得三年的工夫呢倘或雨水這日不下雨可又怎麼着呢寶釵笑道所以了那裡有這麼可巧的雨也只好再等罷了還要白露這日的露水十二錢霜降這日的霜十二錢小雪這日的雪十二錢把這四樣水調勻了丸了龍眼大的丸子盛在舊磁罈裡埋在花根底下若發了病的時候兒拿出來吃一丸用一錢二分黄柏煎湯送下周瑞家的聽了笑道阿彌陀佛真巧死人了等十年還未必碰的全呢寶釵道竟好自他去後一二年間可巧都得了好容易配成一料如今從家裡帶了來現埋在梨花樹底下周瑞家的又道這藥有名字沒有呢寶釵道有也是那和尚說的叫作冷香丸周瑞家的聽了點頭兒因又說這病發了時到

底怎麽着寶釵道也不覺什麽不過只喘嗽些吃一丸也就罷了周瑞家的還要說話時忽聽王夫人問道誰在裡頭周瑞家的忙出來答應了便回了劉老老之事畧待半刻見王夫人無話方欲退出去薛姨媽忽又笑道你且站住我有一件東西你帶了去罷說着便叫香菱簾櫳响處纔和金釧兒頑的那個小丫頭進來問太太叫我做什麽薛姨媽道把那匣子裡的花兒拏來香菱答應了向那邊捧了個小錦匣兒來薛姨媽道這是宮裡頭作的新鮮花樣兒堆紗花十二枝昨兒我想起來白放着可惜舊了何不給他們姊妹們戴去昨兒要送去偏又忘了你今兒來得巧就帶了去罷你家的三位姑娘每位兩枝下剩六枝送林姑娘兩枝那四枝給鳳姐兒罷王夫人道留着給寶丫頭戴也罷了又想着他們薛姨媽道姨太太不知寶丫頭怪着呢他從來不愛這些花兒粉兒的說着周瑞家的拿了匣子走出房門見金釧兒仍在那裡晒日陽兒周瑞家的問道那香菱小丫頭子可就是時常說的臨上京時買的為他打人命官司的那個小丫頭嗎金釧兒道可不就是他正說着只見香菱笑嘻嘻的走來周瑞家的便拉了他的手細細的看了一回因向金釧兒笑道這個模樣兒竟有些像偺們東府裡的小蓉奶奶的品格兒金釧兒道我也這麽說呢周瑞家的又問香菱你幾歲投身到這裡又問你父母在那裡呢今年十幾了本處是

那裡的人香菱聽問搖頭說不記得了周瑞家的和金釧兒聽了倒反爲歎息了一回一時周瑞家的攜花至王夫人正房後原來近日賈母說孫女們太多了一處擠着倒不便只留寶玉黛玉二人在這邊解悶卻將迎春探春惜春三人移到王夫人這邊房後三間抱廈內居住令李紈陪伴照管如今周瑞家的故順路先往這裡來只見幾個小丫頭都在抱廈內默坐聽着呼喚迎春的丫環司棋和探春的丫環侍書二人正掀簾子出來手裡都捧着茶盤茶鍾周瑞家的便知他姊妹在一處坐着也進入房內只見迎春探春二人正在窗下圍棋周瑞家的將花送上說明原故二人忙住了棋都欠身道謝命丫鬟們收了周

瑞家的答應了因說四姑娘不在房裡只怕在老太太那邊呢丫鬟們道在那屋裡不是周瑞家的聽了便往這邊屋裡來只見惜春正同水月庵的小姑子智能兒兩個一處頑耍呢見周瑞家的進來便問他何事周瑞家的將花匣打開說明原故惜春笑道我這裡正和智能兒說我明兒也要剃了頭跟他作姑子去呢可巧又送了花來要剃了頭可把花兒戴在那裡呢說著大家取笑一回惜春命丫鬟收了周瑞家的因問智能兒你是什麼時候來的你師父那禿歪剌那裡去了智能兒道我們一早就來了我師父見過太太就往于老爺府裡去了叫我在這裡等他呢周瑞家的又道十五的月例香供銀子可得了沒

有智能兒道不知道惜春便問周家的如今各廟月例銀子是誰管着周家的道余信管着惜春聽了笑道這就是了他師父一來了余信家的就赶上來和他師父咕唧了半日想必就是爲這個事了那周家的又和智能兒嘮叨了一回便往鳳姐處來穿過了夾道子從李紈後窗下越過西花墻出西角門進鳳姐院中走至堂屋只見小丫頭豐兒坐在房門檻兒上見周家的來了連忙的擺手兒叫他往東屋裡去周家的會意忙着躡手躡脚兒的往東邊屋裡來只見奶子拍着大姐兒睡覺呢周家的悄悄兒問道二奶奶睡中覺呢嗎也該請醒了奶子笑着撇着嘴搖頭兒正問着只聽那邊微有笑聲兒却是賈璉的聲音接着房門響平兒拿着大銅盆出來叫人舀水平兒便進這邊來見了周家的便問你老人家又來作什麽周家的忙起身拿匣子給他看道送花兒來了平兒聽了便打開匣子拿了四枝抽身去了半刻工夫手裡拿出兩枝來先叫彩明來吩咐送到那邊府裡給小蓉大奶奶戴的次後方命周家的回去道謝周家的這纔往賈母這邊來過了穿堂頂頭忽見他的女孩兒打扮着纔從他婆家來周家的忙問你這會子跑來作什麽他女孩兒說媽一向身上好我在家裡等了這半日媽竟不去什麽事情這麽忙的不回家我等煩了自己先到了老太太跟前請了安了這會子請太太的安去媽還有什麽不了的差事手

裡是什麽東西周瑞家的笑道噯今兒偏偏來了個劉老老我自已多事爲他跑了半日這會子叫姨太太看見了叫送這幾枝花兒給姑娘奶奶們去這還沒有送完呢你今兒來一定有什麽事情他女孩兒笑道你老人家倒會猜一猜就猜着了實對你老人家說你女婿因前兒多喝了點子酒和人分爭起來不知怎麽叫人放了把邪火說他來歴不明告到衙門裡要遞解還鄉所以我來和你老人家商量商量討個情分不知求那個可以了事周瑞家的聽了道我就知道這筭什麽大事忙的這麽着你先家去等我送下林姑娘的花兒就回去這會兒太太二奶奶都不得閒兒呢他女孩兒聽說便回去了還說媽好

歹快來周瑞家的道是了罷小人兒家沒經過什麽事就急的這麽個樣兒說着便到黛玉房中去了誰知此時黛玉不在自已房裡却在寳玉房中大家觧九連環作戲周瑞家的進來笑道林姑娘姨太太叫我送花兒來了寳玉聽說便說什麽花兒拿來我瞧瞧一面便伸手接過匣子來看時原來是兩枝宫製堆紗新巧的假花黛玉只就寳玉手中看了一看便問道還是单送我一個人的還是别的姑娘們都有呢周瑞家的道各位都有了這兩枝是姑娘的黛玉冷笑道我就知道麽别人不挑剩下的也不給我呀周瑞家的聽了一聲兒也不敢言語寳玉問道周姐姐你作什麽到那邊去了周瑞家的因說太太在那

裡我回話去了姨太太就順便叫我帶來的寶玉道寶姐姐在家裡作什麼呢怎麼這幾日也不過來周瑞家的道身上不大好呢寶玉聽了便和丫頭們說誰去瞧瞧就說我和林姑娘打發來問姨娘姐姐安問姐姐是什麼病吃什麼藥論理我該親自來的就說纔從學裡回來也着了些凉改日再親自來看說着茜雪便答應去了周瑞家的自去無話原來周瑞家的女壻便是雨村的好友冷子興近日因賣古董和人打官司故叫女人來討情周瑞家的仗着主子的勢把這些事也不放在心上晚上只求求鳳姐便完了至掌燈時鳳姐卸了粧來見王夫人回說今兒甄家送了來的東西我已收了偺們送他的趂着他家有年下送鮮的船交給他帶了去了王夫人點點頭兒鳳姐又道臨安伯老太太生日的禮已經打點了太太派誰送去王夫人道你瞧誰閒着叫四個女人去就完了又來問我鳳姐道今日珍大嫂子來請我明日去逛逛明日有什麼事沒有王夫人道有事沒事都礙不着什麼每常他來請有我們你自然不便他不請我們單請你可知是他的誠心叫你散澹散蕩別辜負了他的心倒該過去走走纔是鳳姐答應了當下李紈探春等姊妹們也都定省畢各歸房無話次日鳳姐梳洗了先回王夫人畢方來辭賈母寶玉聽了也要逛去鳳姐只得答應着立等換了衣裳姐兒兩個坐了車一時進入寧府早有賈珍之妻

尤氏與賈蓉媳婦秦氏婆媳兩個帶着多少侍妾丫鬟等接出儀門那尤氏一見鳳姐必先嘲笑一陣一手拉了寶玉同入上房裡坐下秦氏獻了茶鳳姐便說你們請我來作什麽拿什麽孝敬我有東西就獻上來罷我還有事呢尤氏未及答應幾個媳婦們先笑道二奶奶今日不來就罷既來了就依不得你老人家了正說着只見賈蓉進來請安寶玉因道大哥哥今兒不在家麽尤氏道今兒出城請老爺的安去了又道可是你怪悶的坐在這裡作什麽何不出去逛逛呢秦氏笑道今日可巧上回寶二叔要見我兄弟今兒他在這裡書房裡坐着呢爲什麽不瞧瞧去寶玉便去要見尤氏忙吩咐人小心伺候着跟了去

鳳姐道既這麽着爲什麽不請進來我也見見呢尤氏笑道罷罷可以不必見比不得僭們家的孩子胡打海摔的慣了的人家的孩子都是斯斯文文的沒見過你這樣潑辣貨還叫人家笑話死呢鳳姐笑道我不笑話他就罷了他敢笑話我賈蓉道他生的靦腆沒見過大陣仗兒嬸子見了沒的生氣鳳姐啐道呸扯臊他是哪吒我也要見見別放你娘的屁了再不帶來打你頓好嘴巴子賈蓉溜湫着眼兒笑道何苦嬸子又使利害我們帶了來就是了鳳姐也笑了說着出去一會兒果然帶了個後生來比寶玉略瘦些眉清目秀粉面朱唇身材俊俏舉止風流似更在寶玉之上只是怯怯羞羞有些女兒之態靦腆含糊

的向鳳姐請安問好鳳姐喜的先推寶玉笑道比下去了便探身一把攜了這孩子的手叫他身旁坐下慢慢問他年紀讀書等事方知他學名叫秦鐘早有鳳姐跟的丫鬟媳婦們看見鳳姐初見秦鐘並未備得表禮來遂忙過那邊去告訴平兒平兒素知鳳姐和秦氏厚密遂自作主意拿了一疋尺頭兩個狀元及第的小金錁子交付來人送過去鳳姐還說太簡薄些秦氏等謝畢一時吃過了飯尤氏鳳姐秦氏等抹骨牌不在話下寶玉秦鐘二人隨便起坐說話兒那寶玉自一見秦鐘心中便如有所失痴了半日自已心中又起了個獃想乃自思道天下竟有這等的人物如今看了我竟成了泥猪癩狗了可恨我為什

麽生在這侯門公府之家要也生在寒儒薄宦的家裡早得和他交接也不枉生了一世我雖比他尊貴但綾錦紗羅也不過裹了我這枯株朽木羊羔美酒也不過填了我這糞窟泥溝富貴二字真真把人塗毒了那秦鐘見了寶玉形容出衆舉止不凡更兼金冠綉服艷婢嬌童果然怨不得姐姐素日提起來就誇不絕口我偏偏生於清寒之家怎能和他交接親厚一番也是緣法二人一樣胡思亂想寶玉又問他讀什麽書秦鐘見問便依實而答二人你言我語十來句話越覺親密起來了一時捧上茶菓吃茶寶玉便說我們兩個又不吃酒把菓子擺在裡間小炕上我們那裡去省了鬧的你們不安於是二人進裡間

來吃茶秦氏一面張羅鳳姐吃菓酒一面忙進來囑咐寶玉道寶二叔你姪兒年輕倘或說話不防頭你千萬看着我別理他他雖腼腆却脾氣拐孤不大隨和兒寶玉笑道你去罷我知道了秦氏又囑咐了他兄弟一回方去陪鳳姐去了一時鳳姐尤氏又打發人來問寶玉要吃什麼只管要去寶玉只答應着也無心在飲食上只問秦鐘近日家務等事秦鐘因言業師於去歲辭館家父年紀老了殘疾在身公務繁冗因此尚未議及延師目下不過在家溫習舊課而已再讀書一事也必須有一二知已爲伴時常大家討論纔能有些進益寶玉不待說完便道正是呢我們家却有個家塾合族中有不能延師的便可入

塾讀書親戚子弟可以附讀我因上年業師回家去了也現荒廢着家父之意亦欲暫送我去且溫習着舊書待明年業師上來再各自在家讀書家祖母因說一則家學裡子弟太多恐怕大家淘氣反不好二則也因我病了幾天遂暫且就擱著如此說來尊翁如今也爲此事懸心今日回去何不禀明就在我們這敝塾中來我也相伴彼此有益豈不是好事秦鐘笑道家父前日在家提起延師一事也曾提起這裡的義學倒好原要來和這裡的老爺商議引荐因這裡又有事忙不便爲這點子小事來絮聒二叔果然度量姪兒或可磨墨洗硯何不速速作成彼此不致荒廢既可以常相聚談又可以慰父母之心又可以

得朋友之樂豈不是美事寶玉道放心放心偺們回來告訴你姐夫姐姐和璉二嫂子今日你就回家禀明令尊我回去禀明了祖母再無不速成之理二人計議已定那天氣已是掌燈時分出來又看他們頑了一回牌算賬時却又是秦氏尤氏二人輸了戲酒的東道言定後日吃這東道一面又吃了晚飯因天黑了尤氏說派兩個小子送了秦哥兒家去媳婦們傳出去半日秦鐘告辭起身尤氏問派誰送去媳婦們回說外頭派了焦大誰知焦大醉了又駡呢尤氏秦氏都道偏又派他作什麽那個小子派不得偏又惹他鳳姐道成日家說你太軟弱了縱的家裡人這樣還了得嗎尤氏道你難道不知這焦大的連老爺都不理他你珍大哥哥也不理他因他從小兒跟著太爺出過三四回兵從死人堆裡把太爺背出來了纔得了命自已挨着餓却偷了東西給主子吃兩日没水得了半碗水給主子喝他自已喝馬溺不過仗着這些功勞情分有祖宗時都另眼相待如今誰肯難爲他他自已又老了又不顧體面一味的好酒喝醉了無人不駡我常說給管事的以後不用派他差使只當他是個死的就完了今兒又派了他鳳姐道我何曾不知這焦大到底是你們沒主意何不遠遠的打發他到庄子上去就完了說着因問我們的車可齊備了衆媳婦們說伺候齊了鳳姐也起身告辭和寶玉攜手同行尤氏等送至大廳前見燈火輝煌

衆小厮都在丹墀侍立那焦大又恃賈珍不在家因趁着酒興先罵大總管賴二說他不公道欺軟怕硬有好差使派了别人這樣黑更半夜送人就派我沒良心的忘八羔子瞎充管家你也不想想焦大太爺蹺起一隻腿比你的頭還高些二十年頭裡的焦大太爺眼裡有誰别說你們這一把子的雜種們正罵得興頭上賈蓉送鳳姐的車出來衆人喝他不住賈蓉忍不住便罵了幾句叫人綑起來等明日酒醒了再問他還尋死不尋死那焦大那裡有賈蓉在眼裡反大叫起來趕着賈蓉叫蓉哥兒你别在焦大跟前使主子性兒别說你這樣兒的就是你爹你爺爺也不敢和焦大挺腰子呢不是焦大一個人你們作官

兒享榮華受富貴你祖宗九死一生掙下這個家業到如今不報我的恩反和我充起主子來了不和我說别的還可再說别的咱們白刀子進去紅刀子出來鳳姐在車上和賈蓉說還不早些打發了沒王法的東西留在家裡豈不是害親友知道豈不笑話咱們這樣的人家連個規矩都沒有賈蓉答應了是衆人見他太撒野只得上來了幾個揪翻綑倒拖往馬圈裡去焦大益發連賈珍都說出來亂嚷亂叫說要往祠堂裡哭太爺去那裡承望到如今生下這些畜生來每日偷狗戲雞爬灰的爬灰養小叔子的養小叔子我什麼不知道咱們胳膊折了往袖子裡藏衆小厮見說出來的話有天沒日的唬得魂飛魄喪把

他細起來用土和馬糞滿滿的填了他一嘴鳳姐和賈蓉也遙遙的聽見了都粧作没聽見寶玉在車上聽見因問鳳姐道姐姐你聽他說爬灰的爬灰這是什麼話鳳姐連忙喝道少胡說那是醉漢嘴裡胡唚你是什麼樣的人不說没聽見還倒細問等我囘了太太看是槌你不槌你唬得寶玉連忙央告好姐姐我再不敢說這些話了鳳姐哄他道好兄弟這纔是呢等囘去偺們囘了老太太打發人到家學裡去說明了請了秦鍾學裡念書去要緊說著自囘榮府而來要知端的下囘分解

紅樓夢第七囘終

賈寶玉奇緣識金鎖　薛寶釵巧合認通靈

話說寶玉和鳳姐回家見過衆人寶玉便回明賈母要約秦鍾上家塾之事自己也有個伴讀的朋友正好發憤又着實稱賛秦鍾人品行事最是可人憐愛的鳳姐又在一旁帮着說改日秦鍾還來拜見老祖宗呢說的賈母喜歡起來鳳姐又趂勢請賈母一同過去看戲賈母雖年高卻極有興頭後日尤氏來請遂帶了王夫人黛玉寶玉等過去看戲至晌午賈母便回來歇息王夫人本好清淨見賈母回來也就回來了然後鳳姐坐了首席盡歡至晚而罷卻說寶玉送賈母回來待賈母歇了中覺還要回去看戲又恐攪的秦氏等人不便因想起寶釵近日在家養病未去看視意欲去望他若從上房後角門過去恐怕遇見別事纏繞又怕遇見他父親更爲不妥寧可遶個遠兒當下衆嬤嬤丫鬟伺候他換衣服見不曾換仍出二門去了衆嬤嬤丫鬟只得跟隨出來還只當他去那邊府中看戲誰知到了穿堂便向東北邊遶過廳後而去偏頂頭遇見了門下清客相公詹光單聘仁二人走來一見了寶玉便都赶上來笑着一個抱着腰一個拉着手道我的菩薩哥兒我說做了好夢呢好容易遇見你了說着又勞叨了半日纔走開老嬤嬤叫住因問你們二位是往老爺那裡去的不是二人點頭道是又笑着說老

爺在夢坡齋小書房裡歇中覺呢不妨事的一面說一面走了說的寶玉也笑了於是轉灣向北奔梨香院來可巧管庫房的總領吳新登和倉上的頭目名叫戴良的同着几個管事的頭目共七個人從賬房裡出來一見寶玉赶忙都一齊垂手站立獨有一個買辦名喚錢華因他多日未見寶玉忙上來打千兒請寶玉的安寶玉含笑伸手叫他起來衆人都笑說前兒在一處看見二爺寫的斗方兒越發好了多早晚賞我們幾張貼貼寶玉笑道在那裡看見了衆人道好幾處都有都稱讚的了不得還和我們尋呢寶玉笑道不值什麼你們說給我的小么兒們就是了一面說一面前走衆人待他過去方都各自散了閒

言少述且說寶玉來至梨香院中先進薛姨媽屋裡來見薛姨媽打點針黹與丫鬟們呢寶玉忙請了安薛姨媽一把拉住抱入懷中笑說這麼冷天我的兒難爲你想着來快上炕來坐着罷命人沏滚滚的茶來寶玉因問哥哥沒在家麼薛姨媽歎道他是沒籠頭的馬天天逛不了那裡肯在家一日呢寶玉道姐姐可大安了薛姨媽道可是呢你前兒又想着打發人來瞧他他在裡間不是你去瞧他那裡比這裡暖和你那裡坐着我收拾收拾就進來和你說話兒寶玉聽了忙下炕來到了裡間門前只見吊着半舊的紅紬軟簾寶玉掀簾一步進去先就看見寶釵坐在炕上作針線頭上挽着黑漆油光的髩兒蜜合色的

棉襖玫瑰紫二色金銀線的坎肩兒葱黃綾子棉裙一色兒半新不舊的看去不見奢華惟覺雅淡罕言寡語人謂裝愚安分隨時自云守拙寶玉一面看一面問姐姐可大愈了寶釵抬頭看見寶玉進來連忙起身含笑答道已經大好了多謝惦記着說着讓他在炕沿上坐下卽命鶯兒倒茶來一面又問老太太姨娘安又問別的姐妹們好一面看寶玉頭上戴着纍絲嵌寶紫金冠額上勒着二龍捧珠抹額身上穿着秋香色立蟒白狐腋箭袖繫着五色蝴蝶鸞絛項上掛着長命鎖記名符另外有那一塊落草時啣下來的寶玉寶釵因笑說道成日家說你的這塊玉究竟未曾細細的賞鑒過我今兒倒要瞧瞧說著便挪

近前來寶玉亦湊過去便從項上摘下來遞在寶釵手內寶釵托在掌上只見大如雀卵燦若明霞瑩潤如酥五色花紋纏護看官們須知道這就是大荒山中青埂峰下的那塊頑石幻相後人有詩嘲云

女媧煉石已荒唐　又向荒唐演大荒
失去本來真面目　幻來新就臭皮囊
好知運敗金無彩　堪歎時乖玉不光
白骨如山忘姓氏　無非公子與紅妝

那頑石亦曾記下他這幻相並癩僧所鐫篆文今亦按圖畫于後面但其真體最小方從胎中小兒口中啣下今若按式畫出

恐字跡過於微細使觀者大廢眼光亦非暢事所以略展放些以便燈下醉中可閱今註明此故方不至以胎中之兒口有多大怎得啣此狼犺蠢大之物爲誚

通靈寶玉正面

通靈寶玉

莫失莫忘

仙壽恒昌

通靈寶玉反面

一除邪祟

二療冤疾

三知禍福

寶釵看畢又從新翻過正面來細看口裡念道莫失莫忘仙壽恒昌念了兩遍乃回頭向鶯兒笑道你不去倒茶也在這裡發獃作什麼鶯兒也嘻嘻的笑道我聽這兩句話倒像和姑娘項圈上的兩句話是一對兒寶玉聽了忙笑道原來姐姐那項圈上也有字我也賞鑒賞鑒寶釵道你別聽他的話沒有什麼字寶玉央及道好姐姐你怎麼瞧我的呢寶釵被他纏不過因說道也是個人給了兩句吉利話兒鏨上了所以天天帶着不然沉甸甸的有什麼趣兒一面說一面解了排扣從裡面大紅襖兒上將那珠寶晶瑩黃金燦爛的瓔珞掏出來寶玉忙托着鎖看時果然一面有四個字兩面八個字共成兩句吉讖亦曾按

式畫下形相

金鎖一面

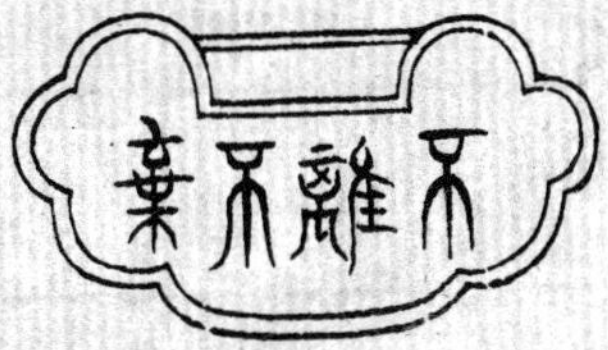

金鎖反面

寶玉看了也念了兩遍又念自已的兩遍因笑問姐姐這八個字倒和我的是一對兒鶯兒笑道是個癩頭和尚送的他說必須鏨在金器上寶釵不等他說完便嗔着不去倒茶一面又問寶玉從那裡來寶玉此時與寶釵挨肩坐著只聞一陣陣的香

氣不知何味遂問姐姐燻的是什麼香我竟沒聞過這味兒寶釵道我最怕燻香好好兒的衣裳為什麼燻他寶玉道那麼着這是什麼香呢寶釵想了想說是了是我早起吃了冷香丸的香氣寶玉笑道什麼冷香丸這麼好聞好姐姐給我一丸嚐嚐寶釵笑道又混鬧了一個藥也是混吃的一語未了忽聽外人說林姑娘來了話猶未完黛玉已搖搖擺擺的進來一見寶玉便笑道哎喲我來的不巧了寶玉等忙起身讓坐寶釵笑道這是怎麼說黛玉道早知他來我就不來了寶釵道這是什麼意思黛玉道什麼意思呢來呢一齊來不來一個也不來今兒他來明兒我來間錯開了來豈不天天有人來呢也不至太

冷落也不至太熱鬧姐姐有什麼不解的呢寶玉因見他外面
罩着大紅羽緞對襟褂子便問下雪了麼地下老婆們說下了
這半日了寶玉道取了我的斗篷來黛玉便笑道是不是我來
了他就該走了寶玉道我何曾說要去不過拿來預備着寶玉
的奶母李嬤嬤便說道天又下雪也要看時候兒就在這裡和
姐姐妹妹一處頑頑兒罷姨太太那裡擺茶呢我叫丫頭去取
了斗篷來說給小么兒們散了罷寶玉點頭李嬤嬤出去命小
厮們都散了罷這裡薛姨媽已擺了幾樣細巧茶食留他們喝
茶吃菓子寶玉因誇前日在東府裡珍大嫂子的好鵝掌薛姨
媽連忙把自己糟的取了來給他嚐寶玉笑道這個就酒纔好

薛姨媽便命人灌了上等酒來李嬤嬤上來道姨太太酒倒罷
了寶玉笑央道好媽媽我只喝一鍾李媽道不中用當着老太
太太太那怕你喝一罈呢不是那日我眼錯不見不知那個没
調教的只圖討你的喜歡給了你一口酒喝葬送的我捱了兩
天罵姨太太不知道他的性子呢喝了酒更弄性有一天老太
太高興又儘著他喝什麼日子又不許他喝何苦我白賠在裡
頭呢薛姨媽笑道老貨只管放心喝你的去罷我也不許他喝
多了就是老太太問有我呢一面命小丫頭來讓你奶奶去也
吃一杯搪搪寒氣那李媽聽如此說只得且和衆人吃酒去這
裡寶玉又說不必燙煖了我只愛喝冷的薛姨媽道這可使不

得吃了冷酒寫字手打顫兒寶釵笑道寶兄弟虧你每日家雜學旁收的難道就不知道酒性最熱要熱吃下去發散的就快要冷吃下去便凝結在內拿五臟去煖他豈不受害從此還不改了呢。快別吃那冷的了。寶玉聽這話有理便放下冷的令人燙来方飲黛玉磕著瓜子兒只管抿着嘴兒笑可巧黛玉的丫鬟雪雁走來給黛玉送小手爐兒黛玉因含笑問他說誰叫你送來的難爲他費心那裡就冷死我了呢雪雁道紫鵑姐姐怕姑娘冷叫我送来的黛玉接了抱在懷中笑道也虧了你倒聽他的話我平日和你說的全當耳旁風怎麼他說了你就依比聖旨還快呢寶玉聽這話知是黛玉借此奚落也無回覆之詞

只嘻嘻的笑了一陣罷了寶釵素知黛玉是如此慣了的也不理他薛姨媽因笑道你素日身子單弱禁不得冷他們惦記着你倒不好黛玉笑道姨媽不知道幸虧是姨媽這裡倘或在別人家那不叫人家惱嗎難道人家連個手爐也沒有巴巴兒的打家裡送了來不說丫頭們太小心還只當我素日是這麼輕狂慣了的呢薛姨媽道你是個多心的有這些想頭我就沒有這些心說話時寶玉已是三杯過去了李嬷嬷又上來攔阻寶玉正在個心甜意洽之時又兼姐妹們說說笑笑那裡肯不吃只得屈意央告好媽媽我再吃兩杯就不吃了李嬷嬷道你可仔細今兒老爺在家隄防著問你的書寶玉聽了此話便心中

大不悅慢慢的放下酒垂了頭黛玉忙說道別掃大家的興舅
舅若叫只說姨媽這裡留住你這媽媽他又該拿我們來醒脾
了一面悄悄的推寶玉叫他賭賭氣一面咕噥說別理那老貨
偺們只管樂偺們的那李媽也素知黛玉的為人說道林姐兒
你別助着他了你要勸他只怕他還聽些黛玉冷笑道我為什
麽助着他我也不犯着勸他你這媽媽太小心了往常老太太
又給他酒吃如今在姨媽這裡多吃了一口想來也不妨事必
定姨媽這裡是外人不當在這裡吃也未可知李嬤嬤聽了又
是急又是笑說道真真這林姐兒說出一句話來比刀子還利
害寶釵也忍不住笑著把黛玉腮上一擰說道真真的這個顰

丫頭一張嘴叫人恨又不是喜歡又不是薛姨媽一面笑着又
說別怕別怕我的兒來到這裡沒好的給你吃別把這點子東
西嚇的存在心裡倒叫我不安只管放心吃有我呢索性吃了
晚飯去要醉了就跟着我睡罷因命再燙些酒來姨媽陪你吃
兩杯可就吃飯罷寶玉聽了方又鼓起興來李嬤嬤因吩咐小
丫頭你們在這裡小心着我家去換了衣裳就來悄悄的回薛
姨媽道姨太太別由他儘着吃了說着便家去了這裡雖還有
兩三個老婆子都是不關痛癢的見李媽走了也都悄悄的自
尋方便去了只剩了兩個小丫頭樂得討寶玉的喜歡幸而薛
姨媽千哄萬哄只容他吃了幾杯就忙收過了作了酸笋鷄皮

湯寶玉痛喝了几碗又吃了半碗多碧粳粥一時薛林二人也吃完了飯又釅釅的喝了几碗茶薛姨媽纔放了心雪雁等幾個人也吃了飯進來伺候黛玉因問寶玉道你走不走寶玉乜斜倦眼道你要走我和你同走黛玉聽說遂起身道偺們來了這一日也該回去了說着二人便告辭小丫頭忙捧過斗笠來寶玉把頭畧低一低叫他戴上那丫頭便將這大紅猩毡斗笠一抖纔往寶玉頭上一合寶玉便說罷了罷了好蠢東西你也輕些兒難道没見別人戴過等我自已戴罷黛玉站在炕沿上道過來我給你戴罷寶玉忙近前來黛玉用手輕輕籠住束髮冠兒將笠沿掖在抹額之上把那一顆核桃大的絳絨簪纓扶起顫巍巍露于笠外整理已畢端詳了一會說道好了披上斗篷罷寶玉聽了方接了斗篷披上薛姨媽忙道跟你們的媽媽都還没來呢且畧等等兒寶玉道我們倒等着他們有丫頭們跟着就是了薛姨媽不放心吩咐兩個女人送了他兄妹們去他二人道了擾一徑回至賈母房中賈母尚未用晚飯知是薛姨媽處來更加喜歡因見寶玉吃了酒遂叫他自回房中歇着不許再出來了又令人好生招呼着忽想起跟寶玉的人來遂問衆人李奶子怎麼不見衆人不敢直說他家去了只說纔進來了想是有事又出去了寶玉踉蹌着回頭道他比老太太還受用呢問他作什麼没有他只怕我還多活兩日兒一面說一

面來至自己臥室只見筆墨在案晴雯先接出來笑道好啊叫我研了墨早起高興只寫了三個字扔下筆就走了哄我等了這一天快來給我寫完了這些墨纔算呢寶玉方想起早起的事來因笑道我寫的那三個字在那裡呢晴雯笑道這個人可醉了你頭裡過那府裡去囑咐我貼在門斗兒上的我恐怕別人貼壞了親自爬高上梯貼了半天這會子還凍的手僵着呢寶玉笑道我忘了你手冷我替你握着便伸手拉着晴雯的手同看門斗上新寫的三個字一時黛玉來了寶玉笑道好姐姐你別撒謊你看這三個字那一個好黛玉仰頭看見是絳芸軒三字笑道個個都好怎麼寫的這樣好了明兒也替我寫個匾寶玉笑道你又哄我了說著又問襲人姐姐呢晴雯向裡間炕上努嘴兒寶玉看時見襲人和衣睡着寶玉笑道好啊這麼早就睡了又問晴雯道今兒我那邊吃早飯有一碟子豆腐皮兒的包子我想著你愛吃和珍大奶奶要了只說我晚上吃叫人送來的你可見了沒有晴雯道快別提了一送來我就知道是我的偏纔吃了飯就擱在那裡後來李奶奶來了看見說寶玉未必吃了拿去給我孫子吃罷就叫人送了家去了正說着茜雪捧上茶來寶玉還讓林妹妹喝茶衆人笑道林姑娘早走了還讓呢寶玉吃了半盞忽又想起早晨的茶來問茜雪道早起沏了碗楓露茶我說過那茶是三四次後纔出色這會子怎麼

又斟上這個茶來茜雪道我原留着來着那會子李奶奶來了喝了去了寶玉聽了將手中茶杯順手往地下一摔豁琅一聲打了個粉碎潑了茜雪一裙子又跳起來問著茜雪道他是你那一門子的奶奶你們這麼孝敬他不過是我小時候兒吃過他幾日奶罷了如今慣的比祖宗還大攆出去大家干凈說着立刻便要去回賈母原來襲人未睡不過是故意兒妝睡引着寶玉來慪他頑耍先聽見說字問包子也還可以不必起來後來摔了茶鍾動了氣遂連忙起來解勸早有賈母那邊的人來問是怎麼了襲人忙道我纔倒茶叫雪滑倒了失手砸了鍾子了一面又勸寶玉道你誠心要攆他也好我們都愿意出去不如就勢兒連我們一齊攆了你也不愁没有好的來伏侍你寶玉聽了方纔不言語了襲人等便攙至炕上脫了衣裳不知寶玉口內還說些什麼只覺口齒纏綿眉眼愈加餳澁忙伏侍他睡下襲人摘下那通靈寶玉來用絹子包好塞在褥子底下恐怕次日帶時氷了他的脖子那寶玉到枕就睡着了彼時李嬤嬤等已進來了聽見醉了也就不敢上前只悄悄的打聽睡着了方放心散去次日醒來就有人回那邊小蓉大爺帶了秦鍾來拜寶玉忙接出去領了拜見賈母賈母見秦鍾形容標緻舉止溫柔堪陪寶玉讀書心中十分喜歡便留茶留飯又叫人帶去見王夫人等衆人因愛秦氏見了秦鍾是這樣人品也都歡

喜臨去時都有表禮賈母又給了一個荷包和一個金魁星取文星和合之意又囑咐他道你家住的遠或一時冷熱不便只管住在我們這裡只和你寶二叔在一處別跟着那不長進的東西們學秦鐘一一的答應回家稟知他父親他父親秦邦業現任營繕司郎中年近七旬夫人早亡因年至五旬時尚無兒女便向養生堂抱了一個兒子和一個女兒誰知兒子又死了只剩下個女兒小名叫做可兒又起個官名叫做兼美長大時生得形容裊娜性格風流因素與賈家有些瓜葛故結了親秦邦業卻於五十三歲上得了秦鐘今年十二歲了因去歲業師回南在家溫習舊課正要與賈親家商議附往他家塾中去可

遇見寶玉這個機會又知賈家塾中司塾的乃現今之老儒代儒秦鐘此去可望學業進益從此成名因十分喜悅只是囊羞澁那邊都是一雙富貴眼睛少了拿不出來因是兒子的終身大事所關說不得東併西湊恭恭敬敬封了二十四兩贄見禮帶了秦鐘到代儒家來拜見然後聽寶玉揀的好日子一同入塾塾中從此鬧起事來未知如何下回分解

紅樓夢第八回終